FERNANDA TAKAI
DANIEL KONDO
フェルナンダ・タカイ
近藤ダニエル

QUANDO CURUPIRA ENCONTRA KAPPA

クルピラがカッパと出会う時

wmf martinsfontes

QUANDO CURUPIRA ENCONTRA KAPPA
BEM NO MEIO DA IMENSA FLORESTA,
VOCÊ PODE IMAGINAR QUE
A CONVERSA NÃO É MODESTA.

O QUE FAZ VOCÊ AQUI NESTA LONJURA?
JÁ NÃO BASTAM SEUS DOMÍNIOS?
PRA QUE ESSA AVENTURA?

TENHA CALMA, MEU AMIGO,
O VERDE QUE NOS CERCA
ESTÁ PEDINDO AJUDA
AOS SERES ENCANTADOS —

AOS BONS E ATÉ ÀQUELES
COM FAMA DE MALVADOS.

広大な原生林の中で
クルピラとカッパが出会ったら
それは想像もつかないほど
会話に花を咲かせることでしょう

こんな遠くになにしに来たの？
あなたの場所では十分でなくなったの？
なぜまた、冒険を探しているの？

おちつけ、友よ。

我々を囲むこの緑は

魔法をもった者たちの助けを求めている。

善人にも、そして悪人と呼ばれる人たちにも。

ESSA GARÇA É PANTANEIRA?
EU ACHO QUE JÁ A VI...
COM ESSE PESCOÇO TÃO LONGO
PARECE A COMADRE DO SACI.

É UMA PRINCESA RELUZENTE E TECELÃ,
FAZ MARAVILHAS COM ALGODÃO.
ACREDITE, ESSA BELEZA TAMBÉM VEIO DO JAPÃO.

このサギはパンタナールのかい？
見たことあるなぁ。
その長〜い首。
サシーのおばちゃんみたいだね。

彼女は輝くお姫さまで、織物をするの。
綿ですてきなものを縫うわ。
信じて、この美しさも日本からきたの。

E JUNTO TROUXEMOS A GRANDE TARTARUGA,
A MAIS ESPERTA DESSA TERRA,
PARA BOLAR AS ESTRATÉGIAS E,
SEM ARMAS, VENCERMOS ESSA GUERRA.

そして、この世で最も賢い
大きなカメも一緒に連れてきたよ。
戦略を考えて、武器を持たずに
戦に勝つのさ。

IMAGINE A COINCIDÊNCIA:
AQUI TEMOS TRACAJÁS
E COBRA NORATO SEMPRE ATENTO
AOS LUGARES MAIS ESCONDIDOS,
ONDE SÓ ALCANÇA O VENTO.

そして、この偶然を見て

ここには風しか届かないような

隠れた場所もちゃんと見張っている

トラカジャーとコブラ・ノラートがいるんだよ。

VOCÊ NOTE AS SEMELHANÇAS
DO PEQUENO ISSUNBOSHI
COM O VALENTE CURUMIM:

OS MESMOS AMENDOADOS OLHINHOS
E UM CABELO BEM PRETINHO.

COMO PODEM EXISTIR
COISAS TÃO PARECIDAS
MESMO TÃO DISTANTES?

DEVE SER PORQUE, NO FUNDO,
SOMOS MAIS QUE SEMELHANTES.

そして似ている所がたくさんあるよ。
小さな一寸法師と
勇気のあるクルミン。

同じアーモンド色の目と
とても黒い髪。

こんなに離れているのに、
こんなに似ているって、不思議じゃない？
もしかしたら、それはただ
似ているだけじゃないかも。

ATÉ O OGRO VERMELHO E O TENGU,
JURUPARI E LOBISOMEM
TÊM NOÇÃO DOS ABSURDOS QUE COMETE
O BICHO-HOMEM.

NUMA EXTRAORDINÁRIA MISSÃO,
PELAS ÁGUAS, PELAS PLANTAS, PELOS BICHOS,
NOSSAS LENDAS SE REÚNEM
PRA CHAMAR SUA ATENÇÃO,

赤鬼も天狗も

ジュルパリも狼男も

人間という動物が起こす

とんでもないことを知ってるよ。

私たちの伝説は、

水を通して、植物を通して、動物たちを通して

並外れた任務を果たすために

あなたに問いかける

RENOVANDO O ESTREITO LAÇO
ENTRE O BRASIL E O JAPÃO.

ブラジルと日本を結ぶ
絆を引き締めるために。

BOLINHOS DE ARROZ E BEIJU
FORAM TROCADOS EM GRATIDÃO.

A AFINIDADE ERA TANTA
QUE JÁ SE SENTIAM IRMÃOS.

OCHAWAN ERA CUMBUCA,
E OS IPÊS SOLTAVAM PÉTALAS
NUM PERFEITO HANAMI.
SINTONIA MAIOR EU NUNCA SENTI!

感謝を込めて

おにぎりとベイジュを交わす。

あまりにもの仲のよさで

兄弟のようだった。

お茶碗のかわりにクンブッカ。

イッペーは花盛り

散る散る花びらでお花見最高。

こんな意気投合、初めて見たよ。

IARA APRENDE CONTENTE
UMA CANÇÃO NO SHAKUHACHI.

O BOTO LEVA O COELHO DA LUA
PARA UM PASSEIO NO RIO.

JAVALI E CAITITU, AO OUVIREM UM TROVÃO,
SENTIRAM UM CALAFRIO.

PRECISAVAM AGIR LOGO
PRO FUTURO NÃO SER SOMBRIO.

イアラは楽しく学ぶ
尺八の一曲。

ボットは月のウサギを誘って
川遊び。

いのししとカイチトゥは
雷でおびえている
未来が暗くならないうちに
早く手を打たねば。

A MENINA, ENTÃO, DESPERTOU NA REDE,
NO COLINHO DA BATIAN,
TODO AQUELE ENSINAMENTO
NÃO PODIA FICAR PARA AMANHÃ.

— PAI, ME AJUDA A LEVAR
ESSA HISTÓRIA PRA FRENTE?
A FLORESTA DE PÉ VAI SER MELHOR
PRA TODA GENTE.

少女はハンモックで、おばぁちゃんのひざもとで目を覚ました。

あのお話から教わったことを

明日まで待たせるわけにはいかない。

「お父さん、この話の続きをどうすればいいの？」

森は元気でいた方がいいよ。

皆にいいよ。

“ESTE MUNDO É NOSSA CASA,
A AMAZÔNIA, UM ENORME JARDIM.
A GENTE TEM QUE CUIDAR DELA
COMO A MÃE CUIDA DE MIM.”

「この世界は私たちの家だよ。
アマゾンは大きなお庭。
だから大事にしないといけないんだよ。
お母さんが私たちを見守るように。」

NO SONHO, HÁ UM CAMINHO,
UMA MÚSICA BONITA ACOMPANHA A JORNADA.

E NA TERRA DOS MIL POVOS
MAIS UMA SEMENTE FOI PLANTADA.

夢には道がある。

美しい音楽が一緒に流れる。

千の民が集まる国で

種をもうひとつ植えることにした。

ELUCIDÁRIO
用語集

CURUPIRA
Jovem protetor da floresta e dos animais, tem os calcanhares virados para a frente e uma cabeleira vermelha.

クルピラ
森や動物を守る若い妖怪。足は後ろ向きにつき、赤髪が特徴。

KAPPA
Habita os rios e lagos do Japão. De aparência reptiliana, é um excelente nadador e tem muita força, embora seja pequeno.

カッパ
日本の河や湖に棲む妖怪。爬虫類の姿をしており、泳ぐのが得意。小柄だが、力持ち。

SACI
Menino negro de uma perna só, fuma cachimbo e usa uma carapuça vermelha. Gosta de causar confusão e dizem que ajuda a encontrar coisas perdidas.

サシー
赤い帽子を被り、パイプを咥えた、浅黒い肌の一本足の小僧。混乱を起こすのが好きで、落とし物を探すのが得意とされている。

CURUMIM
"Criança" em tupi-guarani.

クルミン
ブラジル原住民のトゥピー・グァラニー語で「子供」のことを指す。

GARÇA
Princesa que aparece em vários contos japoneses, está ligada ao sentimento de gratidão e faz os tecidos mais encantadores do mundo.

サギ
日本の伝説によく登場する姫の姿で、感謝の意を込めて世界に例のない綺麗な布を織る。

GRANDE TARTARUGA
Símbolo de longevidade, tem sabedoria e calma para resolver as questões da vida.

巨大亀
亀は長寿の象徴とされており、知恵と安定感を持って、あらゆる問題の解決に挑む。

TRACAJÁS
Espécie de cágado com manchas amarelas na cabeça, presente em todos os ambientes aquáticos da Amazônia.

トラカジャー
頭の黄色い斑点が特徴のアマゾン川に生息するすっぽん。

TENGU
Criatura de nariz enorme que pode voar, lutar e interferir na natureza.

天狗
鼻の高い妖怪で、空中を飛翔し、戦う力もあり、自然にも影響を及ぼす力を持っている。

COBRA NORATO
Filho bondoso de uma indígena e um boto, gosta de festas e é muito corajoso. Enfrentou e venceu muitos bichos na selva.

コブラ・ノラート
アマゾン原住民の母とピンクの河イルカの間に生まれた心優しい勇気のある青年。原生林の多くの動物たちと戦い、打ち勝った。

ISSUNBOSHI
Pequeno e bravo samurai do tamanho de um polegar.

一寸法師
身長1寸の勇気のあるお侍。

OGRO VERMELHO
O mais gentil dos ogros que já existiu, muito sentimental e extremamente forte.

赤　鬼
今までにない最も親切な鬼。感情的だが力強い。

JURUPARI
Pai da mata, impiedoso legislador, os pajés têm um grande respeito por ele.

ジュルパリ
原生林の父、厳格な立法者。すべての森のシャーマンから尊敬される。

LOBISOMEM
Lenda temida no mundo todo, homem que se transforma em lobo e se alimenta de sangue.

狼　男
世界中の伝説に登場する狼に変貌する男性は、人間の血を吸うことで恐れられる。

BOLINHOS DE ARROZ
Onigiri, em japonês, alimento bastante popular e antigo, muito levado em viagens, pois é um jeito prático de se comer o *gohan* (arroz).

おにぎり
日本では昔からポピュラーで、ごはんを旅行などに持ち運べるため、便利な料理。

BEIJU
Alimento de origem indígena feito de massa fina de mandioca.

ベイジュ
ブラジル原住民族の料理で、キャッサバをすり下ろして作る薄い生地でできた食料。

OCHAWAN
Tigela muito usada pelos japoneses, geralmente de cerâmica ou madeira.

お茶碗
陶器か木でできた日本人がよく使う食器。

CUMBUCA
Artefato de cozinha muito usado pelos indígenas, geralmente feito de cabaça.

クンブッカ
先住民がよく使うひょうたんでできた容器。

HANAMI
Contemplar as flores, especialmente as de cerejeira em seus muitos tons entre branco e rosa.

花見
白から桃色とバリエーション豊かな花色の桜を鑑賞すること。

HAKUHACHI
Flauta tradicional japonesa feita de bambu. Dizem que ouvi-la é ouvir a própria natureza.

尺　八
竹でできた日本の伝統的な楽器。尺八の音色は自然そのものの音だと言われる。

COELHO DA LUA
Animal que ofereceu a própria vida para matar a fome de um velho viajante e, como recompensa por sua generosidade, foi viver com ele na Lua.

月の兎
兎は飢えた旅人を助けるために自らの命を捧げた。その慈悲行への感謝を表して、旅人は兎を月に昇らせた。

BATIAN
"Avó" em japonês.

ばぁちゃん
日本語で祖母のこと。

QUANDO TAKAI ENCONTRA KONDO

POR JO TAKAHASHI

A SITUAÇÃO ESTÁ CRÍTICA. SOLUÇÕES TERRENAS JÁ NÃO SURTEM EFEITO. NÃO HÁ OUTRA ALTERNATIVA SENÃO RECORRER AOS MITOS DO IMAGINÁRIO. DO UNIVERSO DAS LENDAS E CRENÇAS FORAM CONVOCADOS CRIATURAS E ENTES DE LUGARES TÃO DISTANTES COMO O BRASIL E O JAPÃO. POR ISSO SE JUSTIFICA UMA EDIÇÃO BILÍNGUE, EM PORTUGUÊS E JAPONÊS, CELEBRANDO ESTE INUSITADO ENCONTRO DAS CULTURAS, DOS RITOS E DOS MITOS.

A SITUAÇÃO EXIGE UM MUTIRÃO PARA PROTEGER O PATRIMÔNIO DE TODA A HUMANIDADE: A AMAZÔNIA, COM O SEU IMENSO ESPLENDOR. ELA CORRE O RISCO DE SER DEVASTADA POR UMA EXPLORAÇÃO DESENFREADA QUE ESTÁ REDUZINDO MUITO A DIVERSIDADE QUE DÁ SUSTENTAÇÃO À VIDA NA TERRA.

A LEGIÃO DE SUPER-HERÓIS CONVOCADA PELA DUPLA KONDO-TAKAI É COMPOSTA POR SERES QUE HABITAM AS FLORESTAS HÁ MILÊNIOS. E É DAS FLORESTAS QUE ESSES SERES MITOLÓGICOS EXTRAEM A SABEDORIA DA VIDA, PROMOVENDO O EQUILÍBRIO NA TERRA. UMA MISSÃO IMPOSSÍVEL? NÃO! DIRÍAMOS QUE É UMA MISSÃO UNIVERSAL.

EM "QUANDO CURUPIRA ENCONTRA KAPPA", OS AUTORES MIRAM EM UM TEMA PRECIOSO QUE VAI AJUDAR AS CRIANÇAS DESTA GERAÇÃO A CONSTRUIR UM AMANHÃ MAIS SUSTENTÁVEL PARA TODO O PLANETA. TEXTO E IMAGEM FORAM GESTADOS DE FORMA HÍBRIDA, DESDE A SUA CONCEPÇÃO, EM UM PROCESSO COLABORATIVO INOVADOR. O RESULTADO É UMA MENSAGEM DE GRANDE POTÊNCIA, COMO O MAGMA EXPELIDO POR UM VULCÃO EM ERUPÇÃO. NESSE AMÁLGAMA, CONTUDO, É POSSÍVEL ENTREVER AS IDENTIDADES DE CADA LINGUAGEM. DE UM LADO, A POESIA COM RESSONÂNCIAS MUSICAIS, DE OUTRO, AS IMAGENS HIPNÓTICAS, RESULTADO DE APLICAÇÕES DE UM MISTERIOSO PANTONE NEON, TÃO APROPRIADO PARA DESCREVER ESSE ENCONTRO DE MITOLOGIAS.

O KAMISHIBAI

PARA NARRAR ESSA EPOPEIA, O RECURSO ORIGINALMENTE PENSADO PELA DUPLA KONDO-TAKAI FOI O KAMISHIBAI, UMA TRADICIONAL ARTE-AMBULANTE EM QUE O CONTADOR DE ESTÓRIAS MONTAVA SEU PEQUENO PALCO NA GARUPA DE UMA BICICLETA. NESSE PALCO, CHAMADO BUTAI, COMO É DENOMINADO O PALCO DO TEATRO KABUKI OU NÔ, DESFILAVAM AS LÂMINAS DE DESENHOS COLORIDOS SOBRE OS QUAIS O NARRADOR SOBREPUNHA A SUA TÉCNICA PERFORMÁTICA. E ESSE ARTISTA ERA, ALÉM DE CONTADOR DE ESTÓRIAS, ÓTIMO ATOR, POIS ENCARNAVA AO MESMO TEMPO OS PAPÉIS DE FADAS, HERÓIS E ANIMAIS, IMPROVISAVA TAMBÉM SONS INCIDENTAIS E ATÉ CANTAROLAVA UM TEMA-CANÇÃO. UM ARTISTA COMPLETO PARA UMA ARTE COMPLETA.

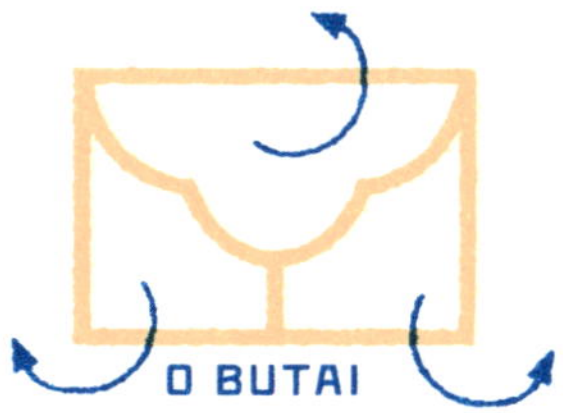

NESTE LIVRO O LEITOR ENCONTRA UM QR-CODE, QUE É UMA JANELA MÁGICA PARA TER ACESSO A UM VÍDEO QUE ENSINA A MONTAR O SEU PRÓPRIO KAMISHIBAI EM CASA. ACOMPANHA UM LINK QUE PERMITE IMPRIMIR AS ILUSTRAÇÕES DESTE LIVRO. JÁ PENSOU? VOCÊ PODE SE TRANSFORMAR, DE REPENTE, EM UM ARTISTA COMPLETO E SURPREENDER SEUS AMIGOS. QUE TAL?

BAIXE GRATUITAMENTE SEU KAMISHIBAI AQUI:

1ª EDIÇÃO 2023

TRADUÇÃO PARA O JAPONÊS
JO TAKAHASHI

REVISÃO DO JAPONÊS
AMERIS SAITO

REVISÕES
HELENA GUIMARÃES BITTENCOURT
LUCIANA VEIT

PROJETO GRÁFICO
DANIEL KONDO E ADRIANA FERNANDES

EDIÇÃO DE ARTE
GISLEINE SCANDIUZZI

PRODUÇÃO GRÁFICA
GERALDO ALVES

DADOS INTERNACIONAIS DE CATALOGAÇÃO NA PUBLICAÇÃO (CIP)
(CÂMARA BRASILEIRA DO LIVRO, SP, BRASIL)

TAKAI, FERNANDA
QUANDO CURUPIRA ENCONTRA KAPPA / FERNANDA TAKAI, DANIEL KONDO ; [TRADUÇÃO PARA O JAPONÊS JO TAKAHASHI]. -- SÃO PAULO : EDITORA WMF MARTINS FONTES, 2023.

EDIÇÃO BILÍNGUE: PORTUGUÊS/JAPONÊS.
ISBN 978-85-469-0411-2 (CAPA DURA)
ISBN 978-85-469-0512-6 (BROCHURA)

1. LITERATURA INFANTOJUVENIL I. KONDO, DANIEL. II. TÍTULO.

23-178158
23-177661 CDD-028.5

ÍNDICES PARA CATÁLOGO SISTEMÁTICO:
1. LITERATURA INFANTIL 028.5
1. LITERATURA INFANTOJUVENIL 028.5

CIBELE MARIA DIAS - BIBLIOTECÁRIA - CRB-8/9427

AGRADECIMENTOS À:
JAPAN HOUSE SÃO PAULO,
NATASHA BARZAGHI GEENEN,
E HIROMI SAITO.

RUA PROF. LAERTE RAMOS DE CARVALHO, 133
CEP 01325-030 • SÃO PAULO • SP • BRASIL
TEL. (11) 3293-8150
E-MAIL: INFO@WMFMARTINSFONTES.COM.BR
HTTP://WWW.WMFMARTINSFONTES.COM.BR

FERNANDA TAKAI

1971, SERRA DO NAVIO - AP

MORA EM BELO HORIZONTE, MINAS GERAIS. FORMADA EM RELAÇÕES PÚBLICAS PELA UNIVERSIDADE FEDERAL DE MINAS GERAIS (UFMG). É CANTORA, COMPOSITORA E ESCRITORA. VOCALISTA DA BANDA MINEIRA PATO FU HÁ 30 ANOS, HÁ 15 LANÇOU-SE NUMA CARREIRA SOLO COM REPERCUSSÃO NACIONAL E INTERNACIONAL, OBTENDO CINCO DISCOS DE OURO. ARTISTA MULTIPREMIADA, É TAMBÉM AUTORA DE QUATRO LIVROS E CONQUISTOU O PRÊMIO JABUTI COM O LIVRO DIGITAL O CABELO DA MENINA. TEM ASCENDÊNCIA JAPONESA POR PARTE DE PAI E PORTUGUESA POR PARTE DE MÃE E UM APETITE INESGOTÁVEL POR NOVOS E VELHOS LUGARES, COMIDAS, LETRAS, SONS E IMAGENS.

DANIEL KONDO

1971, PASSO FUNDO - RS

VIVE EM PUNTA DEL ESTE, URUGUAI. É ILUSTRADOR E AUTOR DE LIVROS INFANTIS. NA LITERATURA, CONQUISTOU MUITOS PRÊMIOS NACIONAIS E INTERNACIONAIS: MONSTROS DO CINEMA (SESI, 2016), EM PARCERIA COM AUGUSTO MASSI; TCHIBUM! (COSAC NAIFY, 2009), COM O NADADOR GUSTAVO BORGES, VENCEDOR DO PRÊMIO NEW HORIZONS NA FEIRA INTERNACIONAL DO LIVRO INFANTIL DE BOLONHA. VENCEU O PRÊMIO JABUTI NA CATEGORIA LITERATURA INFANTIL COM A OBRA SONHOZZZ (SALAMANDRA, 2021), EM PARCERIA COM SILVANA TAVANO. E CÁTEDRA UNESCO COM FEIRA FEROZ (VR EDITORA, 2022), COM ADRIANA FERNANDES. TEM ASCENDÊNCIA JAPONESA POR PARTE DE PAI E GAÚCHA POR PARTE DE MÃE.